신진호

계절이 바뀌는 모습을 관찰하는 것을 좋아한다.
평범한 일상의 풍경에 상상력을 더해
이야기가 있는 한 장면으로 기록하고자 한다.
대학에서 서양화를 전공했으며 10년은 화가로,
이후 10여 년은 일러스트 작가로 활동하며
그림책, 단행본과 다양한 매체에 그림을 그려 왔다.
유년의 기억, 골목 모퉁이에서 발견한
들꽃 한 송이, 해질녘 공기의 변화,
가족과 떠나는 여행 등 소소한 나날도
낯선 시선으로 조금 특별하게 바라보면
눈부시게 아름다운 순간을 포착할 수 있다.
놓치기 아쉬운 일상의 소중함과
인생의 아름다움을 그림으로 전하고 싶다.

일상 여행자의 창작 노트

모든 영감의 순간

그림과 글
신진호

남해의봄날

낯설게 바라보면

어릴 적 사진작가를 꿈꾸는 친구가 있었습니다. 저는 그 친구를
따라다니며 함께 사진 찍는 것을 좋아했습니다. 친구는 사진을 찍을
때 종종 맨바닥에도 아랑곳하지 않고 눕거나 엎드리곤 했습니다.
처음에는 친구의 행동이 당황스럽고 조금 창피했습니다.
그런데 언제부턴가 사람들의 시선을 의식하지 않는 친구의 모습이
멋져 보였습니다. 그렇게 바라보는 세상은 무엇이 다를까?
저도 용기를 내어 바닥에 벌렁 누워 보았습니다.

한겨울 차가운 골목 길바닥에 누워 바라보는 풍경은 새롭고 또 낯설게
다가왔습니다. 내게로 넘어질 것처럼 기울어진 담벼락, 사방으로
어지럽게 뻗은 앙상한 겨울 나뭇가지, 그 혼돈 사이로 구름은 여유롭고
고요하게 흘러가고 있었습니다.

같은 풍경과 사물이라도 어떻게 바라보는지에 따라 전혀 다른 인상과
다채로운 자극을 줍니다. 그 사실을 처음 알게 된 뒤로 사진 촬영이나
그림 그리는 걸 핑계 삼아 거리에 누워 보곤 했습니다.
이 순간만큼은 마치 일탈을 하듯 주변의 시선과 편견으로부터
자유로워졌기에 즐거웠습니다. 또 평범했던 일상을 특별한 것으로
만들어 주곤 했습니다.

일상이 특별해지는 일은 정말 사소한 계기로 경험하게 되는 것
같습니다. 평소에 우리는 일상 속 반복되는 익숙한 일과 주변에
자리한 것, 늘 함께 하는 풍경을 특별하게 인식하지 않습니다.
당연하다고 생각했던 것들을 할 수 없게 되는 순간에서야 소중함을
절실하게 느낍니다. 일상을 다시 되찾기를 하루하루 주문처럼 되뇌며
살았던 지난 몇 년간 저는 미처 인식하지 못했던 삶의 부분 부분을
새로이 인지했고, 이는 마음을 흔드는 낯설고도 아름다운 풍경으로
제게 찾아왔습니다. 미지의 세계로의 여행이었습니다.

이른 봄의 연한 꽃눈, 아이들의 함박웃음, 가족과 함께하는 여행길,
어른이 되어 발견한 어린 시절의 일기장, 밤 산책길에 맡는 달콤한 공기.

잃어버린 일상 속에서 발견한 낯선 감각과 소중한 기억의 풍경,
여행의 순간으로 여러분을 초대하고 또 전하고 싶습니다.
마스크 속에 박제된 감각들이 여정의 끝에 반짝 깨어나기를 바랍니다.

목차

기억의
　　냄새

새벽 공기의 낯선 냄새가 좋습니다.

어쩌다 한번 들이마시는
익숙하지 않은 가벼움.
새벽같이 출발해야 하는 여행,
밤을 지새운 어떤 날,
동트기 전 어스름한 거리에 서면
다른 세계를 엿보는 기분이 듭니다.

해 질 녘의 골목길.

하루 종일 아이들의 재잘거림과
할머니들의 담소가 가득했던 공간을
밥 짓는 냄새,
구수한 된장찌개 끓는 냄새,
기름진 생선 굽는 냄새가
은은하게 채웁니다.

지구의 어느 골목에서든 이 냄새를 맡으면
온종일 골목길을 뛰어놀던
어린 날의 해맑은 웃음이 떠오릅니다.

13

구름이 낮게 깔리고
무서울 정도의 강한 바람과
높은 파도가 밀려오는 바닷가에
한참을 서 있으면
짭짤한 냄새로 온몸이 젖어듭니다.
소금 바람과 내리쬐는 햇볕에
피부가 따끔거릴 때까지
바다 냄새를 온몸으로 마주합니다.

뙤약볕 쏟아지는 한여름 운동장.

모래 알갱이들이 노랗게 이글거리고,
매미가 따갑게 우는 광활한 운동장에 서면
현기증이 날 것 같은 착각에 사로잡힙니다.
땀 흘리며 연습하는 아이들의 열기와
태양에 뜨끈하게 데워진 철봉에
아지랑이를 그려 넣는 상상을 합니다.

어떤 기억은 때론 냄새로 각인됩니다.
그날의 날씨와 기분, 잊었던 순간의 감정까지도
함께 찾아옵니다.

한겨울 시골마을 초입부터 풍기는
장작 타는 냄새를 맡으면
어린 시절이 떠오릅니다.
하얀 김이 모락모락 피어오르는
농가의 낮은 지붕 밑
할머니가 차려 주신 구수한 시골 밥상 냄새에
그리움이라는 이름을 붙입니다.

오후 3시,
　　　우연한
　　　산책

길을 걸을 때 뚜렷한 목적지나
코스를 정하지 않습니다.
그야말로 정처 없이
발길 닿는 대로 걸어 다닙니다.

한숨 크게 들이마시고
인적이 드문 고요한 길을 걷기 시작합니다.
한낮의 더위가 물러간 오후 3시,
하루에 두 시간 정도를 걷습니다.
3년 동안 해 왔더니
이젠 습관이 되었습니다.

우연히 마주친 풍경에서 많은 것들을 느낍니다.
봄을 알리는 여린 새싹의 초록,
지저분한 골목 귀퉁이에서 보석처럼 피어난 들꽃,
한바탕 비가 쏟아지기 직전 낮게 깔린 비구름,
곧 추워질 것을 알리며 뺨을 때리는 차가운 공기.

계절이 지나는 풍경, 날씨의 미묘한 변화나
공기의 흐름을 살피는 것도 매우 흥미롭습니다.

여행을 할 때도 마찬가지입니다.
맛집이나 풍경 좋은 카페 방문 같은
사전 계획도 없는 여행.
아내와 딸아이는 이런 여행을
좋아하지 않을 법도 한데
고맙게도 큰 불만 없이 따라옵니다.

지친 다리를 이끌며 늦은 저녁까지
낯선 동네의 골목길을 헤매는 가족.
좀 이상해 보일까요?

인터넷 검색으로는 찾을 수 없는 풍경을 직접 발견하는 기쁨,
시간이 지나서도 함께 골목을 헤매던 이야기를 나누며
즐거워하는 가족의 모습이 계속 새로운 골목 여행을
떠나게 만드는 이유 아닐까요.

반갑다,

　　　봄!

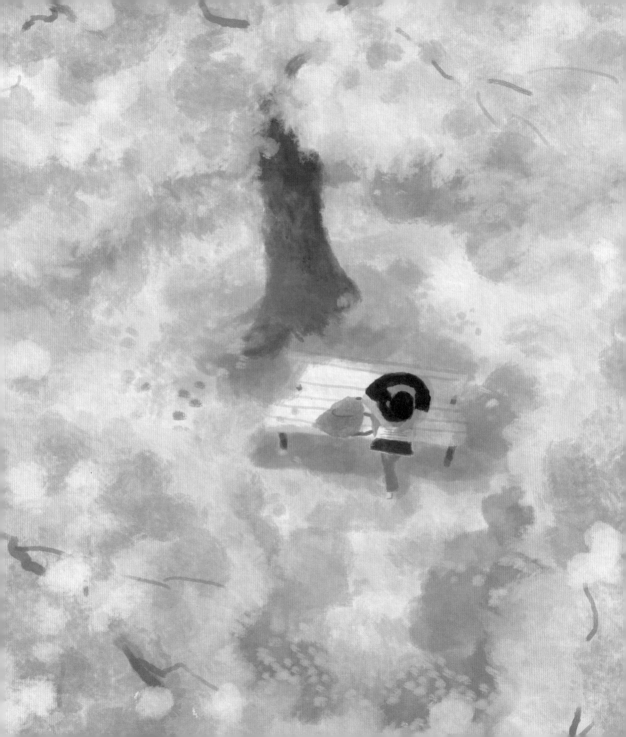

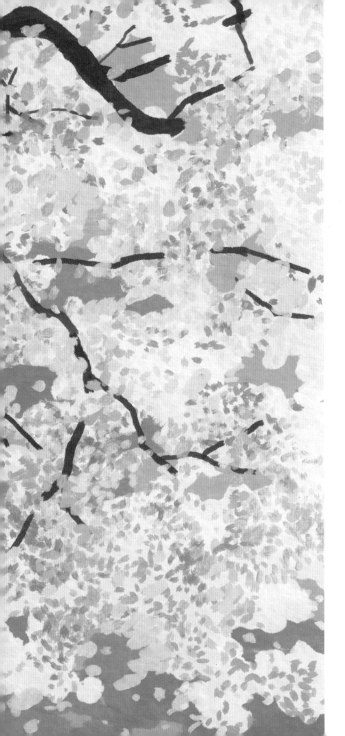

모르는 사이 어느새 봄이 왔습니다.
오랜 친구가 찾아와
문을 두드리는 소리도 듣지 못하고
전 무얼 하고 있었던 걸까요?
지금이라도 이렇게 만날 수 있어
정말 다행입니다.
이제라도 인사를 건넵니다.

반갑다 봄!
넌 올해도 어김없이 돌아와 주었구나.

며칠째 학교에 가지 못한 딸아이가
세상 무료한 고양이처럼 집안을 뒹굴뒹굴하고 있습니다.

"산책 나가자."

그 말에 딸은 기다렸다는 듯 옷을 챙겨 입습니다.
밖으로 나오니 따뜻한 봄바람이 코끝을 간지럽힙니다.
마스크를 잠깐 벗어 다시 찾아온 봄을 반갑게 맡아 봅니다.

오랫동안 묶여 있던 자전거의 자물쇠를 풀자마자
딸아이는 페달을 밟아 어느새 저만큼 달려나갑니다.
겨우내 꽁꽁 묶여 있던 자전거만큼이나 저도 답답했나 봅니다.

"아빠 여기!"

딸아이가 커다란 버드나무 아래 서 있습니다.
할아버지의 수염처럼 가늘고 긴 가지 위에 듬성듬성
새잎들이 예쁘게 돋아나 있습니다.
바람이 불자 나뭇가지는 딸아이의 머리 위에서
천천히 살랑거리며 춤을 춥니다.

"여기 좋아!"
"그래, 아빠도 좋아."

그곳이 어디든 우리가 함께라면.

꽃의
　의미

유난히 춥고 눈이 많이 내렸던 겨울, 엄마가 돌아가셨습니다.
서른 중반의 나이에도 아직 철들지 않았던 저는
어른스럽지 못한 모습으로 엄마와 작별할 수밖에 없었습니다.

엄마 없이도 봄은 다시 찾아왔습니다.
집 근처 공원에 벚꽃, 목련, 산수유, 그리고 이름 모를 들꽃들이
알록달록한 색종이를 부려 놓은 듯 어지럽게 피었습니다.

화창하고 따뜻하고, 달콤한 풍경 속에서 엄마 얼굴이 떠올랐습니다.
누구보다 꽃을 좋아했던 엄마가 본다면
어린아이가 된 듯 만면에 미소를 지었을,
눈물이 날 정도로 아름다운 봄의 풍경이었습니다.

대학에서 서양화를 전공하던 때는 친구들과
"예술가가 꽃을 그리기 시작하면 예술은 끝난 거다"라고
비아냥거리곤 했습니다.

몇 번의 전시회에 찾아온 엄마는 제 그림을 보며 애써
"멋지고 독특하다" 하시면서도 "다음엔 밝은 것도 좀 그려 보렴",
"거실에 걸 예쁜 꽃 하나 그려 줘"라는 말을 꼭 남기곤 했습니다.

하지만 엄마가 몇 년간 힘들게 병마와 싸우고 있을 때에도
꽃 한 송이 선물하거나 힘이 되어 줄
예쁜 그림 하나 그려 드리지 못했습니다.

그해 봄. 처음으로 캔버스에 꽃을 그려 보았습니다.
다음에는 엄마를 그리고,
꽃이 핀 엄마의 얼굴도 그려 보았습니다.

꽃은 예나 지금이나 변하지 않고 늘 아름다웠습니다.

어디서나
　　　나의 색

일러스트레이터로 활동하다 보면
다양한 스타일의 그림 의뢰가 들어옵니다.
종종 제 스타일과는 전혀 다른 생소하고
시도조차 해 보지 않았던 그림을 원하는 경우도 있습니다.

어느 날 그림책 출판 회의를 진행하며
포트폴리오를 꺼내 들었습니다.
여러 의뢰로 쌓인 다양한 스타일의 그림이
오히려 잡다하고 작가스럽지 못하게 보이는 건 아닐까.
창피한 마음이 든 찰나, 이런 말을 들었습니다.

"여러 가지 다양하게 그리시는데
모두 작가님 특유의 느낌이 나는 게 신기하네요!"

수백 명의 사람이 같은 직선을 그려도
그리는 사람에 따라 조금씩 선이 다르다고 합니다.
손과 삶에 이미 깊숙이 배인 저만의 색과 생각은
다른 무엇으로도 덮여지지 않습니다.

이제는 즐겁게 그리려고 합니다.
다른 스타일 속에서도 누군가는
나만의 색을 발견해 준다는 걸 알았으니까요.

스프링 노트와
비밀 기지

어른이 되어서도 쉽게 잊을 수 없는
어린 시절의 추억이 몇 있습니다.
어쩌면 지금의 제가 존재하는 데
큰 영향을 준 경험일지도 모릅니다.

어렸을 때부터 그림 그리는 것을 좋아했습니다.
변변한 도화지나 연습장이 없어도
해 지난 달력 종이 뒷면이
좋은 도화지 노릇을 해 주었습니다.

조금 더 자라고 나서는 수십 권의 스프링 노트를
미완성의 만화로 채워 나갔습니다.
용돈이 넉넉한 날에 좋아하는 캐릭터가 실린
만화잡지와 스프링 노트 한 권을 사 들고
집으로 돌아와 뒹굴며 그릴 것을 구상하고 있으면
세상 부러울 것이 없었습니다.

수십 년이 흘러 대부분의 스프링 노트들은 사라져 버렸지만,
끝까지 살아남은 몇 권은 가끔 꺼내 들여다보곤 합니다.
어른의 눈으로 바라보니 미숙한 그림과 유치한 내용들은
이제 와 눈뜨고 볼 수 없을 정도입니다.

그러나 빼곡히 써 내려간 스토리와
수십 번 고쳐 그린 주인공의 얼굴,
종이 한구석 정체불명의 흔적.
그 시절의 순수와 창작의 영감은
지금으로선 흉내 낼 수 없는 고유한 것일 테지요.

한 권 한 권 쌓아 올린 스프링 노트의 습작들이
이제 튼튼한 기둥이 되어 새삼 든든하게 느껴집니다.

만화를 그리는 것만큼이나

친구들과 뛰어노는 것도 좋아했습니다.

동네에는 다섯 명 정도의 또래 친구들이 있어서

우리는 아침부터 저녁까지

온 동네를 헤집고 돌아다니며 놀곤 했습니다.

어느 날 학교에서 돌아오니 집 앞에서 대규모 공사가 시작되었습니다.
공사현장은 놀이터가 되어 버렸습니다.
어른들은 위험하다고 말렸지만 호기심 가득한 우리들은
저녁이면 몰래 숨어들어 놀곤 했습니다.
땅을 파헤치며 드러난 복잡한 선과 파이프들도 재미있었지만
무엇보다 우리를 사로잡은 것은 거대한 콘크리트 원통이었습니다.
하얗고 매끈한 표면이 주는 특별함,
한여름 무더위를 식혀 주는 시원함,
시선이 차단되는 비밀스러움에
우리는 통 안에서 나올 생각을 하지 않았습니다.

해 질 무렵까지 그 안에서 이것저것을 하며 놀다가
저는 친구들에게 문득 제안했습니다.

"우리 오늘 밤 여기에서 잘래?"

잠시 뒤 우리는 이불, 손전등, 장난감 로봇, 만화책, 딱지, 구슬, 과자 등을
가방 한가득 채워서 그곳에 다시 모였습니다.
우리는 손전등 불빛 아래 옹기종기 누워
시시콜콜한 이야기들을 나누었습니다.
마치 만화 영화 속에 등장할 법한 안전한 비밀기지에
숨어 들어 와 있는 것 같았습니다.

한참을 놀다 자정이 가까워지고 집들의 불빛도 꺼지기 시작하자
친구들은 하나둘 다양한 핑계를 대며 집으로 돌아갔습니다.
마지막 친구가 배고프다며 유령처럼 이불을 뒤집어쓰고 집으로 달려간 뒤,
텅 빈 기지에는 저 혼자 남았습니다.
아쉬움에 꽤 오랜 시간을 그곳에 누워 있었습니다.

짐을 주섬주섬 싸서 밖으로 나오니 세상은 칠흑같이 어두워져 있었습니다.
파헤쳐진 흙더미 위로 비스듬히 서 있는
커다란 포클레인의 실루엣이 묘한 분위기를 연출했습니다.
은은하게 빛나는 원통의 구조물과 어지럽게 방치된 건축 자재들이
절묘하게 어우러졌습니다.
매일 바라보던 산, 매일 지나쳤던 집과 골목들이
마치 꿈속의 한 장면처럼 신비하고 낯설게 느껴지던 순간.

그곳은 어느 행성의 비밀 기지였습니다.

여름의
　　시작

오늘은 좀 지쳐 보이네요. 괜찮아요. 항상 웃을 수만은 없죠.
그네 탈까요? 이렇게 아무 생각 없이 왔다 갔다 하면 기분이 좀 좋아져요.
해 보세요. 아뇨, 좀 더 힘껏. 이렇게요. 어때요? 좀 나아졌죠?
웃는 얼굴이 보기 좋아요. 고맙긴요, 뭘. 이제 차 마시러 갈까요?
그래요, 그네 좀 더 타죠. 이게 중독성이 있어요.

날씨가 살짝 더워졌네요. 곧 여름이 되려나 봐요. 여름 좋아해요?

난 너무 짙은 한여름은 싫어요. 지금 정도가 딱 좋아요.
연한 나무 색도 예쁘고요. 조금만 더 지나면 색이 너무 진해져요.
짙어진 만큼 깊고 무거워지거든요. 뭐든 시작할 때가 제일 좋은 것 같아요.

지금이라면 무엇이든 할 수 있을 테죠.
시작은 아직 무거워지기 전이니까요.

비 오는
날

하굣길 갑자기 쏟아지는 장대비를 온몸으로 맞으며
신나게 돌아다녔습니다.

책가방 속 책들이 젖건 말건, 감기에 걸리건 말건,
거센 빗줄기에 피부가 아플 때까지 빗속을 뛰놀다
새파랗게 질린 입술을 덜덜 떨며
흠뻑 젖은 채 집에 돌아왔습니다.
엄마는 깜짝 놀라 큰 수건으로
머리부터 물기를 닦아 줬습니다.
따뜻한 물로 몸을 씻고 나와 뽀송뽀송한 방바닥에
배를 깔고 누워 만화책을 뒤적거렸습니다.

집안 가득 퍼지는 고소한 냄새,
김이 모락모락 나는 감자와 김치전이 쟁반 가득합니다.
바삭한 김치전을 한입 베어 물고 만화책 페이지를 넘겼습니다.

비 오는 날을 좋아할 수밖에 없는 이유입니다.

저마다의
바다

바다를 좋아합니다.
남해는 눈이 즐겁습니다.

파란 하늘, 에메랄드색 바다,
일부러 뿌려 놓은 듯 골고루 피어 있는 꽃들,
수많은 섬과 색색의 낮은 지붕들이
선명하고 강렬하게 시각을 자극합니다.
차를 타고 굽이굽이 해안 도로를 달리다 보면
느닷없이 튀어나오는 색들의 향연에
정신을 차릴 수 없습니다.

서해에서는 냄새를 느낍니다.

갯벌의 비릿한 냄새, 조개구이와 젓갈 익는 냄새,
생선 굽는 냄새가 바닷바람을 타고
해안가 곳곳에 퍼져 나갑니다.
해 질 녘 낙조를 바라보며 작은 가게에 앉아
냄새에 취해 술 한 모금 마시는 것을 좋아합니다.

동해는 소리에 집중하게 됩니다.

적막한 해안에 깊이를 알 수 없는
바다의 울음소리만이 쉴 새 없이 들락거립니다.
왜 다른 바다에 비해 동해의 파도 소리가
유독 더 거칠고 웅장하게 들리는지는 모르겠습니다.
삼켜 버릴 듯 다가오는 파도를 바라보며 해변에 앉아 있으면
영화 〈봄날은 간다〉에서 주인공이
바다의 소리를 녹음하는 장면이 떠오릅니다.

어느 바다든 저마다의 매력이 있어
바다를 찾는 일은 늘 즐겁습니다.

누가
　내 마음에
　　불을

종종 복잡한 아파트 숲을 벗어나
한적한 마당이 있는 주택에서
살고 싶다는 마음이 듭니다.

성냥갑 같은 공간에 염증이 날 때마다
도피하듯이 캠핑을 떠납니다.
아직 초보라 텐트를 치는 과정이
매끄럽지 못하지만 우여곡절 끝에
완성된 보금자리를 보고 있으면
손수 멋진 집을 지은 것 같은
성취감이 들곤 합니다.

밤이 되면 오렌지색 불빛에 빛나는 텐트가
흡사 어느 행성의 기지처럼 보입니다.
피워 놓은 모닥불 위로 흩어지는 불씨로
더욱 멋진 장면이 연출됩니다.

이럴 때면 〈어린 왕자〉의 한 장면처럼
'나는 낯선 행성에 불시착한 우주비행사'라고
스스로 최면을 걸어 봅니다.

밤이 지나면 캠핑에서 가장 좋은 순간이 찾아옵니다.
이른 아침 조용하고 경치 좋은 곳에 의자를 놓고 앉아
다디단 공기와 함께 마시는 커피 한 잔,
그리고 지저귀는 새와 졸졸 흐르는 물, 바람의 노래.
다른 소음이라곤 섞이지 않은 온전한 자연의 소리가
작은 위로가 되어 마음을 보듬어 줍니다.

자연이 영감에 불씨를 피우는 순간입니다.

나를
　지켜 주는
　것

껴안은 품에서,
어깨를 토닥이는 손에서
굳이 말로 하지 않아도
전해지는 마음.

때로는
　　영화처럼

'압바스 키아로스타미'라는
몇 번을 들어도 외우기 힘든 이름의
영화감독이 있습니다.
그의 이름처럼 난해한 제목의 영화
〈바람이 우리를 데려다 주리라〉를 보고
너무 좋아서 그의 다른 영화도
몇 편 찾아 보았습니다.

'한 번도 안 본 사람은 많지만
한 번 보면 멈출 수 없이 빠져들게 만든다.'

마력의 감독이라는 수식어가
거짓은 아닌 것 같습니다.
영화의 내용도 좋았지만
영화 속 장면들이 너무 아름다워서
그림으로 그리고 싶은 마음이 절로 들었습니다.

주인공과 마을 의사가 오토바이를 타고

시골의 광활한 황금빛 들판을 가로질러 가는 장면이나

드넓게 펼쳐진 올리브 나무 사이로

저 멀리 아주 작은 점처럼 보이는 두 남녀의 모습 같은

그만의 아름다운 영상은 어느덧 제 마음속에 한 장의 그림으로 남았습니다.

또 다른 영화 〈체리 향기〉에서는 황량한 언덕의 나선형 길을 따라
한 대의 자동차가 흙먼지를 일으키며
올라가는 장면을 원경에서 보여 줍니다.
석양으로 물든 붉은색 언덕과 흰색 자동차가
대비를 이루며 쓸쓸하지만 아름다워 보입니다.

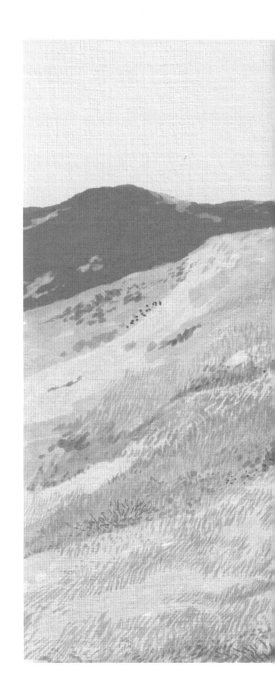

아련하게 마음속을 맴도는 장면의 분위기에 압도되어
그 구도와 색감을 고스란히 옮겨 그렸습니다.
손때 묻은 오래된 사진첩처럼 두고두고 꺼내 보고,
꼭 남기고 싶은 강렬한 영감의 순간입니다.

어디에도
    없는
    길

영화를 통해 아직 가 보지 못한 곳을 여행하고는 합니다.

잠이 오지 않는 늦은 밤,
푹신한 소파에 몸을 묻고 맥주를 마시며 한 영화를 보았습니다.
소파에 몸을 누인 채 수천 킬로미터 밖
낯선 공간을, 이야기를, 기분을 상상합니다.

엔딩크레딧은 올라갔지만, 상상 속 여행은 이제 시작입니다.

한 번도 가 보지 못한 곳이지만 어딘가 기시감이 느껴지는 공간,
언젠가 꿈속에서 보았을지 모르는 길을 하염없이 걸어갑니다.

하늘의 색깔이 요란스럽게 바뀌고
산봉우리를 삼킨 긴 그림자가
길 위에 짙은 얼룩을 남기며 지나갑니다.
인적은커녕 작은 벌레 소리마저 들리지 않습니다.
오직 저와 제 그림자, 그리고 끝이 보이지 않는 길뿐.

어느덧 세상은 한 치 앞도 보이지 않는
어둠에 뒤덮여 버립니다.
촘촘히 박혀 있는 별만이 어디가 하늘이고
어디까지가 땅인지를 구별해 줍니다.
진공 같은 어둠 속에 흙길을 밟는 발소리만
적막 속에 울려 퍼집니다.
이 길의 끝에서 저는 무엇을 찾을 수 있을까요?

여행의
끝

긴 여행에서 돌아와 한시라도 빨리 지친 몸을 눕히고 싶지만
차 안에 가득한 짐을 보면 한숨이 절로 나옵니다.
옷 한 벌에 카메라 하나만 달랑 들고 떠날 수는 없었는지,
떠날 때 모습 그대로 돌아오는 여행을 하고 싶었는데….

어쩌면 여행에는 삶의 지향점이 담기는 것일지도 모릅니다.
간소한 여행, 비우는 삶, 심플라이프.

제가 바라는 삶의 방향을 읊조리다,
가볍고 작은 가방 하나를 꺼내 다음 여행을 준비합니다.
책 속으로, 영화 속으로, 가까운 골목길로,
계절의 흐름 속으로, 행복한 하루를 마무리하고 꿈속으로.
언제 어디서든 떠날 수 있는
이 여행의 끝은 아름다울 것입니다.